LE TRÉSOR ENGLOUTI

Titre original :

THE TREASURE OF EL PATRÓN

GARY PAULSEN

LE TRÉSOR ENGLOUTI

Traduit de l'anglais (États-Unis)
par Nathalie Zimmermann

Flammarion

Chers lecteurs,

Une aventure véritable représente bien des choses : le danger, l'audace et parfois même une lutte pour la vie, la mort. De mes courses de traîneaux en Alaska jusqu'à la traversée à la voile sur l'océan Pacifique, j'ai moi-même fait l'expérience de ce genre d'aventure. Dans mes histoires, j'essaie de restituer cet esprit et, chaque fois que je m'assieds à ma table pour écrire, ce défi est une aventure en soi.

Vous faites aussi partie de cette aventure. Au cours des années, j'ai eu la chance de discuter avec nombre d'entre vous dans des écoles. Ce livre est le résultat de ce que j'ai pu entendre – autrement dit de l'action et beaucoup de suspense.

Vous l'avez demandé. À vos risques et périls ! Accrochez-vous, car je vais vous entraîner dans une histoire palpitante issue de mon monde d'aventures.

Gary Paulsen

1641

Bartolomé de Campos, amiral sur le galion espagnol *El Patrón*, serra les dents et contempla sombrement le vaste horizon.

Le vent commençait à tomber.

Il n'avait déjà vu ce temps qu'en de très rares occasions. L'air était chargé d'une sorte de brume jaunâtre, et, très haut dans le ciel, de minces nuages défilaient.

Le gros temps arrivait et l'amiral se demandait pourquoi cet abruti de capitaine Vargas refusait de l'écouter et de se préparer à la tempête.

L'amiral examina le galion. *El Patrón* était un vaisseau trop lourd qui prenait l'eau de partout, et il fallait sans arrêt pomper pour empêcher l'homme de couler. Il était beaucoup trop chargé – l'amiral s'en était plaint, mais en vain. Les quatre cent quatre-vingt-quinze passagers ajoutés aux cent quarante tonnes de cargaison occupaient en effet chaque centimètre carré de place disponible.

À présent, c'est à la cargaison que l'amiral pensait. Il y avait, bien sûr, le chargement d'or et d'argent appartenant à la Couronne espagnole, ainsi que les soieries et porcelaines de Chine qui devaient servir de marchandises de troc dans les colonies. Mais il y avait aussi la contrebande : une véritable fortune en lingots d'or ; ceux-ci avaient été accumulés par les marchands coloniaux et embarqués à bord en soudoyant les officiers pour qu'ils ne les consignent pas sur le manifeste*. À cela s'ajoutaient encore les biens personnels, bijoux et pierres précieuses de grande valeur que les passagers les plus importants avaient embarqués avec eux en cachette.

* Liste des marchandises transportées par un bateau, à l'usage des douaniers.

L'amiral pensa à ses propres biens non déclarés. Il y avait un objet auquel il tenait particulièrement : une dague en or dont la garde s'ornait de trois émeraudes parfaites et qui lui avait été offerte aux colonies par une dame très chère à son cœur.

Le vent forcit soudain, la surface de l'océan se mit à moutonner et la pluie s'abattit en rafales sur le pont. L'amiral courut s'entretenir avec le pilote.

Le galion était déjà ballotté comme un jouet d'enfant. Quelque part à l'avant, des pièces de bois craquèrent. L'équipage affolé entreprit de jeter par-dessus bord les marchandises entreposées sur le pont, ainsi que cinq des canons de bronze du vaisseau.

Dès la première heure de l'ouragan, le grand mât se fracassa en deux. Il emporta en s'abattant dans les flots la majeure partie du gréement, laissant *El Patrón* définitivement mutilé tandis que l'eau embarquait plus vite que l'on ne pouvait écoper.

Le combat dura trois jours. Miraculeusement, *El Patrón* restait à flot. On avait perdu nombre de membres de l'équipage et de passagers mais, parmi ceux qui restaient, certains avaient travaillé jour et nuit pour contenir l'eau pendant que d'autres étaient parvenus à hisser une voile de fortune.

Ils avaient tant dévié de leur route que le capitaine et le pilote ne savaient plus très bien où était leur position. Seul l'amiral croyait reconnaître ces nouveaux parages. Il était convaincu qu'ils se trouvaient à proximité d'une barrière de corail mortelle s'étendant à quelque douze milles des Bermudes, au nord-ouest de l'océan Atlantique.

Ses soupçons se confirmèrent au cours de cette troisième nuit. Il était minuit quand le galion heurta un récif et se coucha sur le flanc dans un craquement sinistre. Il s'immobilisa soudain, puis plongea vers l'avant, sa coque raclant contre les rochers. L'eau commença à s'engouffrer dans le navire.

L'équipage mit aussitôt les canots de sauvetage à la mer et, oubliant tous ses devoirs, abandonna la plupart des passagers, dont l'archevêque de La Havane, à une mort certaine. Courageusement, l'amiral décida au contraire de sombrer avec son navire.

Mais au moment où le galion s'enfonçait, l'étrave se souleva brusquement, projetant l'amiral dans les flots noirs et écumants. Les marins d'une chaloupe qui s'éloignait le hissèrent à leur bord, respirant à peine, et l'emmenèrent avec eux dans les ténèbres.

Chapitre 1

— Eh, réveille-toi, mon pote ! Il se pourrait bien que je t'achète quelque chose.

Tag Jones, un jeune garçon de treize ans, ouvrit brusquement les yeux. Il se redressa vivement sur son lit de fortune, à même le beau sable rose des Bermudes, à l'intérieur de la cabane de pêche.

— Je suis debout, je... Cowboy ! Je devrais te...

— Tu devrais me remercier, voilà, fit le grand et jeune natif des Bermudes en croisant les bras d'un air important.

Tag foudroya son ami du regard.

— De quoi ? De m'avoir réveillé au milieu

d'un des meilleurs rêves que j'aie jamais faits ?

— J'ai bien mieux pour toi qu'un vieux mirage de trésor espagnol. J'ai des touristes.

— Où ça ? demanda Tag en se relevant pour fouiller du regard la petite bande de plage qui s'étendait en face du comptoir de pêche. Je ne vois personne.

Cowboy, dont le vrai nom était Kevin Trace, retira d'un mouvement brusque le vieux chapeau de paille cabossé qui lui avait valu son surnom.

— Eh, mon vieux, je ne les ai pas amenés avec moi. Ils m'ont demandé où on pouvait trouver du bon matériel de pêche. Je leur ai indiqué ta cabane, ici, sur la plage, et je me suis grouillé de venir te prévenir. J'imagine que tu n'aurais pas été ravi d'être surpris en plein sommeil par deux touristes pleins aux as.

Tag s'étira et passa la main dans sa tignasse châtain décolorée par le soleil.

— Qu'est-ce qui te dit qu'ils sont riches ?

— Je les ai suivis pendant un moment, répondit Cowboy avec un sourire. Ils arrosent tout le monde de billets de banque.

Le visage de Tag s'éclaira. Il toucha la vieille pièce d'or espagnole qui pendait à son cou, au bout d'une chaîne.

— On aura peut-être assez pour faire réparer ma bouteille d'air comprimé. Et comme ça on pourrait retourner plonger.

— Tu parles ! Tu ne peux pas penser à autre chose ? Plonger au milieu des rochers ? Il n'y a rien là-bas. Tous les chasseurs de trésors de la région ont exploré ces récifs minutieusement. Et personne n'a jamais rien retrouvé.

— Et ça, d'où ça vient alors ? fit Tag en s'emparant de nouveau de la pièce usée.

— D'accord, ton père était l'un des meilleurs plongeurs de la région et il t'a donné cette pièce avant de mourir. Tu sais, j'ai déjà lu son journal, où il te dit qu'il y en a sûrement beaucoup d'autres. Mais s'il était encore là, il te dirait qu'il n'en était pas sûr à cent pour cent.

— Il savait, dit Tag en passant un tee-shirt sur son torse bronzé.

Le bruit de deux motos qui approchaient interrompit leur conversation. Cowboy eut la sagesse d'aller aussitôt se cacher de l'autre côté de la petite cabane de chaume. Il ne voulait pas que les clients potentiels puissent penser qu'il les avait menés en bateau.

On voyait bien qu'il s'agissait de touristes. Mais il y avait chez ces deux hommes quelque chose qui mit Tag mal à l'aise.

Le plus grand portait ses cheveux blonds ramenés en une queue de cheval lisse et graisseuse. Ses yeux, au-dessus d'un nez aquilin, vous scrutaient d'un regard bleu et glacé. L'autre homme, plus petit et plus trapu, au crâne chauve et luisant, faisait la majeure partie de la conversation.

— Mon ami et moi, nous voudrions louer du matériel pour aller pêcher.

— Bien sûr, fit Tag. Qu'est-ce que vous comptez attraper ?

L'homme hésita.

— Quelle importance ? Nous voulons juste pêcher. Vous nous équipez, on vous paie et on se met en route.

Tag se gratta la tête.

— Vous voulez rester près du rivage ou partir en pleine mer ?

— Qu'est-ce que ça peut vous faire ? grogna le grand blond.

Le chauve leva la main.

— Pas de problème, Spear. Le gosse pose une question parfaitement logique. Nous pensions sortir un peu de la baie, ajouta-t-il en se tournant vers Tag. Pêcher un peu du côté des récifs, peut-être. Vous avez des suggestions ?

En temps normal, Tag leur aurait donné quelques conseils, mais la façon de parler du grand blond le troublait.

— Il paraît que ça mord pas mal dans le port.

Tag prit deux cannes longues et minces puis mit des appâts dans un sac. Il posa ensuite un contrat de location sur le comptoir.

— Signez ici, s'il vous plaît. Oh, et il faudrait me rapporter les cannes ici, demain à la même heure.

Le plus trapu des deux signa la feuille, paya et donna même à Tag un généreux pourboire de vingt dollars.

— Merci bien, jeune homme. À demain après-midi alors.

Cowboy revint dans la cabane et les deux garçons regardèrent les deux personnages s'éloigner à moto.

— Ben mon vieux, t'as fait fort. Et en plus ils reviennent demain.

Tag partagea le pourboire avec son ami.

— Il y a quelque chose de bizarre chez ces deux types. Ils n'y connaissent absolument rien en pêche.

— Et alors ? fit Cowboy. Ce sont sûrement des touristes qui veulent épater leurs copains en rentrant. Et ils paient bien, c'est le principal.

Tag haussa les épaules.

— T'as pas tort. Qu'est-ce que tu dirais de fermer la boutique et d'aller faire réparer cette bonne vieille bouteille en ville ?

— Je te suis.

Chapitre 2

La route qui menait en ville était encombrée de taxis, de motos, de vélos et d'une foule bigarrée de piétons qui, tous, avançaient comme des tortues. Les natifs des Bermudes connaissaient tout le monde au village, quand ils n'étaient pas simplement parents. Tous saluaient les garçons et leur souriaient.

Un policier, grand, musclé, vêtu d'un short quasi militaire qui révélait une longue cicatrice toute fripée à la jambe droite, se tenait au milieu de la rue pour régler la circulation. Il stoppa les voitures qui arrivaient et fit signe aux garçons de traverser.

— Comment va ta mère, Tag ?

— Elle va bien, Thomas, merci.

Le policier leva un sourcil et les accompagna en boitillant jusqu'au trottoir.

— On dit qu'elle travaille peut-être un peu trop dans ce bar à touristes.

Tag sourit à celui qui avait été l'un des meilleurs amis de son père.

— Eh bien *on* a peut-être raison. À bientôt, Thomas.

— Essaie donc de surveiller un peu ce petit blanc-bec, d'accord ? fit Thomas en adressant un clin d'œil à Cowboy.

— Ça va être dur, mais je vais essayer, répondit Cowboy en courant pour rattraper Tag. Tu veux que je porte ta bouteille ?

— Non merci, ça va. Allez, on ferait mieux de se dépêcher si on veut voir Gamell avant qu'il ferme.

Cowboy sur les talons, Tag traversa le village puis gravit un raidillon pour arriver à une petite boutique vieillotte dont l'enseigne affichait au-dessus de l'entrée : PLONGÉE.

Une clochette argentée tinta lorsqu'ils poussèrent la porte vitrée. Un vieux monsieur dont la peau noire et ridée avait viré au gris et dont les cheveux étaient striés de blanc leva les yeux et sourit, montrant ainsi qu'il lui manquait deux dents.

— Tag, mon garçon. Qu'est-ce qui t'amène ?

— J'aurais besoin que tu jettes un coup d'œil sur ma bouteille si tu as le temps, Gamell.

Le vieil homme chaussa ses lunettes et examina la bouteille en silence. Il tapota la jauge.

— Je vois le problème. Je vais te réparer ça en un rien de temps.

Il la démonta et entreprit de remplacer certaines pièces.

— Alors, les garçons, vous allez descendre, ce soir ?

— On a dans l'idée d'aller faire un tour du côté de la Tête de Tigre, répondit Tag.

Gamell secoua la tête.

— Tout comme ton père. Toujours à courir après le grand trésor.

— Mais il est là, Gamell, et tu peux être sûr que c'est moi qui le remonterai.

Gamell scruta le jeune garçon de son regard perçant.

— J'espérais que tu finirais par y renoncer. Mais je vois bien que tu n'auras rien d'autre en tête tant que tu ne l'auras pas trouvé, soupira le vieil homme en expirant l'air par l'espace laissé entre ses dents. Il est peut-être temps que je te montre quelque chose.

Il quitta la pièce en traînant les pieds et revint un instant plus tard avec un coffret de bois. Il en sortit un rouleau de papier maintenu par un ruban rouge passé. Il fit glisser le vieux bout de tissu et déroula précautionneusement le document sur le comptoir.

Les deux garçons s'approchèrent pour mieux regarder. Il s'agissait d'une liste rédigée en espagnol.

— Qu'est-ce que ça veut dire ? demanda Tag avec impatience.

— Il s'agit en fait d'un manifeste de navire. Du manifeste d'un bateau qui s'appelait *El Patrón*.

— Je ne saisis pas..., commença Cowboy.

Tag leva la main pour le faire taire.

— Laisse Gamell terminer.

Le vieil homme s'éclaircit la gorge :

— *El Patrón* était un galion qui rentrait en Espagne après une mission commerciale. Il a essuyé un ouragan et la plupart des passagers et des membres d'équipage ont péri. Quelques marins seulement ont pu en réchapper, emportant avec eux ce manifeste, qui a maintenant plus de trois cents ans. Il établit la liste de l'or, de l'argent et des autres marchandises qui se trouvaient à bord d'*El Patrón*.

Il sortit un autre bout de papier jauni de la cassette.

— Ceci est un autre compte rendu de la cargaison. De la cargaison clandestine en fait. Il est signé par un certain amiral Bartolomé de Campos, qui lui aussi a survécu au naufrage.

— Au naufrage ? répéta Tag, presque religieusement.

— Oui, celui dont ton père recherchait l'épave, Tag.

— Tu sais où elle se trouve, Gamell ?

— Pas avec précision, non. Tout ce que j'ai, c'est le récit de l'amiral, qui n'est pas très précis. Tenez, c'est quelque part sous ce récif, dit-il en tapant sur une carte scotchée au comptoir. C'est là que ton père pensait la trouver. (Le vieil homme devint grave et roula les parchemins.) J'avais montré ce manifeste à ton père, Tag, et cela a été la cause de sa mort. Quant à Thomas, il a perdu son poste de chef de police à cause de sa jambe esquintée. Je ne serais pas en train de vous montrer ça maintenant si je ne savais pas que vous êtes entêtés comme des mules et que, quoi qu'il arrive, vous ne renoncerez pas.

— Mon père est mort dans un accident de plongée, Gamell. Son doseur d'oxygène s'est déréglé au fond de l'océan. Thomas a essayé de le sauver, et un barracuda en a profité pour lui attraper la jambe. Ce n'était pas ta faute. Personne n'aurait rien pu faire.

— C'est peut-être à cause du trésor, souffla Gamell en regardant tristement Tag. Ceux qui connaissent le vaudou et la magie disent qu'il est maudit. Dans l'île, personne d'autre ne s'aviserait de le chercher.

— Le vaudou, répéta Tag en crachant par

terre. Tu ne crois quand même pas à tous ces trucs de magie ?

Gamell examina de nouveau le garçon.

— Peut-être, mais qui sait, Tag ? Il se pourrait que tu sois justement celui qui brisera le sortilège.

Chapitre 3

— Regarde qui arrive ! fit Cowboy en désignant un hors-bord bleu et blanc qui venait vers eux sur la baie. Ce sont les touristes qui t'ont loué les cannes à pêche.

Tag ralentit leur bateau jusqu'à ce que les deux hommes se rapprochent.

— Alors, ça a mordu ? cria-t-il.

Celui qui s'appelait Spear le foudroya du regard. Le chauve, qui avait signé George Davis en bas du contrat de location, agita le bras.

— Non, jeunes gens. Rien du tout. On va arrêter pour aujourd'hui. Eh, je te connais, non ? ajouta-t-il en dévisageant Cowboy.

Il n'attendit pas la réponse pour ajouter :

— Où allez-vous, comme ça ? C'est un peu tard pour la pêche, non ? Il fait presque nuit.

— On va s'entraîner un peu à la plongée nocturne.

— De la plongée ? Pour quoi faire ? demanda le touriste.

— Rien de particulier, répondit Tag avec un haussement d'épaules, sans vouloir leur raconter ses projets.

Il mit les pleins gaz et dut hurler pour couvrir le bruit :

– Au revoir, monsieur Davis.

Lorsqu'ils atteignirent le point qu'ils s'étaient fixé, près de l'extrémité du récif que Gamell avait désigné sur sa carte, Tag coupa le moteur et jeta l'ancre. Un frisson d'excitation le parcourut tandis que les vaguelettes clapotaient contre le flanc du bateau.

— Ça y est, Cowboy. Ce soir, on va être riches !

Cowboy fit glisser une bouteille d'air comprimé par-dessus ses épaules.

— Comme je voudrais que tu aies raison. Je laisserais bien quelqu'un d'autre vider les poissons à ma place, au marché.

Tag avait déjà enfilé son équipement. Il tendit à Cowboy sa seconde torche sous-marine, passa une pagaie ronde dans sa ceinture plombée et abaissa les pouces pour faire signe de plonger. Cowboy lui rendit le signal et ils entrèrent dans l'eau par une roulade arrière.

La descente s'effectua dans l'obscurité la plus complète. Tag exhala l'air de ses poumons, et s'enfonça plus loin dans l'eau glacée. Une douleur lui vrilla l'oreille gauche. « Imbécile ! pensa-t-il. Même un débutant sait qu'il faut faire attention à la pression. » L'excitation qu'il ressentait lui faisait oublier les précautions les plus élémentaires. Il s'empressa de se pincer le nez et de souffler.

Moins d'une minute plus tard, ils touchaient le fond sablonneux. Cowboy pointa sa torche vers le récif de corail rouge et orange. Un banc de poissons à queue jaune passa devant lui.

Tag toucha l'épaule de son ami et lui indiqua la droite. Cowboy hocha la tête. Il savait qu'ils disposaient de moins d'une heure d'autonomie en oxygène et qu'ils devaient se séparer s'ils voulaient retrouver la moindre trace du trésor.

Près d'une demi-heure s'était écoulée lorsque Tag aperçut enfin quelque chose qui attira son attention. Il avait déjà plongé par ici mais, curieusement, il n'avait jamais remarqué cette petite ouverture ronde de la taille d'une assiette, près du fond du récif.

Tag dirigea le faisceau de sa torche vers le trou et regarda à l'intérieur. Comment cela avait-il pu lui échapper auparavant ? C'était creux, comme une caverne sous-marine. Un objet brillant gisait près de l'ouverture, reflétant la lumière de la torche. Il glissa la main à l'intérieur du trou et retira l'objet.

Une cuiller d'étain !

Il aurait poussé un cri de joie s'il l'avait pu. Il fourra la cuiller dans la poche de son gilet et replongea la main dans le trou. Cette fois, il prit la pagaie ronde pour écarter délicatement le sable du fond de la grotte. Comme par magie, une assiette et un couteau apparurent. Tag remit la pagaie dans sa ceinture et voulut s'emparer de ces deux pièces de collection.

Une douleur vive lui transperça la main gauche. Quelque chose s'accrochait au bout de son pouce et tentait de l'entraîner dans la caverne.

Un fragment de chair fut arraché à l'extrémité du pouce de Tag. Une petite murène l'engloutit puis relâcha son étreinte pour essayer de mieux saisir le reste du doigt.

Tag dégagea son bras d'une secousse et s'écarta du trou. La douleur était pire que si un millier d'épingles s'étaient enfoncées d'un coup dans sa main. Un liquide verdâtre jaillit au bout de son doigt. Tag reconnut la couleur du sang sous l'eau. Il comprima la blessure et essaya de toutes ses forces de ne pas s'évanouir.

Il chercha alors précipitamment Cowboy. Dès qu'il l'eut repéré, il lui fit signe de remonter et s'efforça de ne pas paniquer en nageant à la surface. Il fallait absolument résister à l'envie de foncer. « Garde ton calme, pensait-il. Respire à fond et ne monte pas plus vite que les bulles d'air de ta bouteille. » Tag savait qu'en remontant trop vite il risquait ce que l'on nomme le « mal des caissons », autrement dit la paralysie, et peut-être même la mort.

Dans le bateau, Cowboy l'aida à se dégager de sa bouteille d'air comprimé puis retira la sienne.

— Qu'est-ce qui s'est passé ?

Tag lui montra son pouce.

— J'ai failli me faire bouffer par une saleté de murène.

— D'accord, fit Cowboy en portant une main à sa bouche d'un air dégoûté. À partir de maintenant, plus de plongée de nuit. Si on veut voir quelque chose, on n'aura qu'à trouver un moment dans la journée.

Il ouvrit la trousse d'urgence et y prit une bande.

— Regarde ça, annonça Tag en sortant, de sa main valide, la cuiller d'étain de sa poche pour la montrer à son ami. Grâce aux cartes de Gamell et aux registres de l'amiral, je crois que nous avons peut-être trouvé la cachette d'*El Patrón*.

Chapitre 4

Tag ouvrit le portail de son jardin et entra. Une grosse boule de poils blancs lui heurta la poitrine.

— Eh ! fais gaffe, Fantôme ! s'exclama Tag en caressant le grand chien hirsute. Moi aussi, je suis content de te voir, mon gros. Tu as bien ouvert l'œil ?

Le chien gémit puis agita la queue avec vigueur.

— Tu veux entrer un moment ? demanda Tag en se tournant vers Cowboy.

Celui-ci posa sa bouteille près du compresseur, sous le porche de Tag.

— Non, je ferais mieux de rentrer. Il se fait tard et mon père va me faire une crise.

— OK. Je te vois demain. Rejoins-moi à la cabane quand tu auras fini de nettoyer tes poissons. On pourra peut-être fermer un peu plus tôt pour aller chercher le trésor.

— On plonge demain ? s'étonna Cowboy en désignant le pouce de son ami. Et ça alors ?

— Oh, c'est rien. Demain, ça ne me fera même plus mal.

— Si tu le dis, répliqua Cowboy en descendant les marches. À demain.

Tag fit un salut du bras, flatta une fois encore son chien de sa main valide et pénétra dans la maison.

Le petit pavillon au toit blanc était composé de deux chambres, d'une cuisine, d'une salle de bains et d'un séjour minuscule. Tout était éteint, ce qui signifiait que sa mère n'était pas encore rentrée du bar. Il n'était pas surpris, car elle travaillait toujours très tard les mois d'été.

Il alluma la lumière dans la cuisine et se dirigea vers le réfrigérateur. Tout en faisant bien attention de ne rien toucher avec son pouce abîmé, il sortit un reste de poisson qu'il fit réchauffer sur la cuisinière.

Lorsqu'il eut fini de manger, Tag fit la vaisselle puis alla s'installer sur le vieux canapé trop mou avec le journal intime de son père et la cuiller qu'il avait découverte.

Le journal lui était particulièrement cher. Il l'avait trouvé avec le matériel de plongée de son père après la mort de celui-ci, et il ne l'avait jamais montré à personne. Le seul à qui il en avait parlé était Cowboy. Il ne voulait surtout pas mettre sa mère au courant, celle-ci l'estimant déjà beaucoup trop obsédé par le « dernier plongeon » de son père.

Ce journal n'était pas rédigé comme un journal ordinaire, où l'on consigne tous les événements de la journée. Celui-ci dressait l'inventaire de toutes les « découvertes » de son père.

Son père avait toujours travaillé pour quelqu'un d'autre – et cela avait commencé bien avant que Tag ne voie le jour, dans une petite commune des Bermudes –, acceptant toutes les missions de plongée qui rapportaient le plus. Lors de sa dernière plongée, son ami Thomas et lui-même s'étaient associés pour chercher ensemble leur propre trésor.

En temps normal, Tag adorait relire les descriptions d'opérations de sauvetage, imaginant ce que cela avait dû être que de travailler avec tant d'équipes de plongeurs, de fouiller les épaves à la recherche de trésors enfouis. Mais cette fois, il passa directement au dernier chapitre.

17 juin – Thomas et moi touchons au but. Trouvé une seule pièce d'or – trou récif – mais suis sûr que d'autres suivront.

Tag en resta bouche bée. C'était là depuis le début et il n'y avait jamais fait attention. Son père lui avait laissé un indice « trou récif ». Mais jusque-là, le journal avait été tellement endommagé par l'eau qu'il avait cru lire qu'il n'y avait qu'une seule pièce d'or pour *tout* le récif. En réalité, son père parlait donc de l'endroit précis où Cowboy et lui-même avaient plongé ce jour-là – du petit trou rond sur le côté du récif.

Ils l'avaient donc trouvé.

Et maintenant ? Si le corail s'était déve-

loppé par-dessus l'épave, comment allaient-
ils faire pour y accéder ?

Les pensées de Tag furent interrompues
par le bruit de la porte d'entrée. Il glissa le
journal et la cuiller sous un coussin du
canapé et s'empressa de se lever pour aider
sa mère à porter son gros sac.

Elle le lui donna avec reconnaissance puis
ôta ses souliers et défit le foulard qui enser-
rait ses longs cheveux blonds.

— Harry, le cuistot, t'envoie une part de
tourte et... Tag ?

Tag s'immobilisa à mi-chemin de la cuisine et se retourna. Les yeux bleus de sa
mère avaient pris une expression inquiète.

— Qu'est-il arrivé à ton pouce ? demanda-
t-elle en désignant le bandage ensanglanté.

— Oh, ça ? C'est rien. Cowboy et moi, on
plongeait du côté de la Tête de Tigre et j'ai
eu un petit problème avec une murène.

Sa mère se laissa tomber avec lassitude
sur une chaise.

— La Tête de Tigre ? C'est là-bas que
ton père...

Sa voix se perdit et Tag posa le sac sur
une petite table avant de s'approcher d'elle.

— Je fais attention, maman. Cowboy et moi, on n'est plus vraiment des amateurs, tu sais.

— Ton père n'en était pas un non plus... ni Thomas. Je sais que je ne peux pas te demander d'arrêter de plonger. Tu as ça dans le sang. Mais tu ne pourrais pas au moins choisir un autre endroit ?

Tag détestait la voir malheureuse. Il s'agenouilla près de sa chaise et décida qu'il vaudrait mieux pour tout le monde déformer un peu la vérité.

— Ne t'en fais pas, d'accord ? Plonger à un endroit ou à un autre, pour moi, c'est pareil.

— Bon, souffla-t-elle avec soulagement. Tu veux que je jette un coup d'œil sur ce pouce ?

Tag fit non de la tête.

— Ce n'est qu'une morsure de rien du tout. Cowboy l'a déjà bien nettoyée. Ce sera impeccable demain matin. (Il se releva et retourna au sac.) Au fait, tu n'étais pas en train de me parler d'une tourte ?

Chapitre 5

— Qu'est-ce qui t'a retenu si long-temps ?

— Longtemps ? s'exclama Cowboy, l'air faussement offensé. C'est comme ça qu'on me remercie d'avoir bossé comme un dingue juste pour que tu puisses jouer les appâts à murène du côté de la Tête de Tigre.

— Très drôle. Et puis ça ne se reproduira plus cette fois-ci, assura Tag en brandissant deux gros poissons salés. J'ai pris mes pré-cautions. Le premier est pour la murène qui m'a mordu le pouce hier. Et j'en apporte un second au cas où elle aurait des petits copains.

— Alors, qu'est-ce qu'on attend ? Allons-y !

— Je ne peux pas. Tes touristes ne m'ont toujours pas rapporté les cannes à pêche.

— Mes touristes ?

— Tu te rappelles, les deux types que tu m'a envoyés et qui ne connaissaient rien à la pêche. Davis et Spear.

— Je me rappelle, mais..., commença Cowboy qui s'interrompit en entendant un bruit de moto. On dirait que ce sont mes touristes qui reviennent. Tu veux que je disparaisse ?

— Non, ils t'ont vu avec moi sur le bateau hier soir. De toute façon, on y va dès que j'ai récupéré mes cannes à pêche.

Une seule moto s'immobilisa devant la cabane. Cette fois, Davis était seul. Il rendit les cannes à pêche à Tag et attendit que le garçon les eut rangées.

— Je peux faire quelque chose d'autre pour votre service, monsieur Davis ?

— En fait, je me demandais si vous ne pourriez pas me dépanner, tous les deux. Hier, pendant que mon ami et moi on pêchait près des récifs, on a laissé tomber quelque chose au fond. Mais comme ni lui ni moi ne savons plonger, je me disais que je pourrais peut-être louer vos services pour le récupérer.

Tag se frotta la nuque.

— Je ne sais pas. Nous avions prévu autre chose aujourd'hui.

— Excusez-nous une seconde, fit Cowboy, qui prit son ami par le bras et l'entraîna au fond de la cabane. On plonge de toute façon, non ? chuchota-t-il.

— Oui.

— Pourquoi ne pas en profiter pour gagner un peu d'argent ?

— On n'aura plus besoin d'argent si j'arrive à trouver un moyen d'atteindre cette épave.

— D'accord, fit Cowboy en poussant un soupir. Mais alors laisse-moi en gagner rien qu'un peu pendant que tu cherches le trésor.

— Comme tu veux. Mais il faut que tu te débarrasses d'eux dès que tu auras remonté leur truc.

— Pas de problème, fit Cowboy avant de retourner au comptoir. Mon copain et moi, on serait très contents de plonger pour vous, monsieur Davis.

Chapitre 6

Tag manœuvra son bateau dans le sillage du hors-bord bleu et blanc qui les précédait.

— Ces types t'ont dit ce qu'ils avaient égaré au fond de l'eau ?

Cowboy secoua la tête.

— Davis dit que ça a beaucoup de valeur et qu'il préférait ne pas dire ce que c'est. Nous sommes censés le reconnaître parce que c'est enveloppé dans un sac en plastique jaune. Il m'a déjà donné une avance. Si nous retrouvons le paquet, il nous donnera davantage.

— Plus tôt nous le retrouverons, mieux ce sera. Si tu veux mon avis, ces deux types ne sont pas clairs. Pourquoi ne veulent-ils pas qu'on sache ce qu'il y a à l'intérieur du sac ?

Davis et Spear s'arrêtèrent près de l'extrémité du récif. Tag jeta l'ancre quelques mètres plus loin. Davis mit ses mains en porte-voix et cria :

— Nous pensons que c'est par ici !

Puis il montra l'avant de son bateau.

Tag et Cowboy vérifièrent leur équipement puis se placèrent dos à la mer pour se laisser tomber dans l'océan. L'eau avait un tout autre aspect à la lumière du jour. Autant elle semblait noire et menaçante la nuit, autant elle était maintenant d'un beau bleu transparent. Le sable apparaissait d'un gris pâle et bleuté, et les poissons d'un vert bleuté.

Lorsqu'ils eurent atteint le fond, les garçons fouillèrent le côté gauche du récif, nageant en zigzag afin d'être sûrs de ne rien manquer. Près de l'extrémité du récif de corail, Tag s'immobilisa et chercha le petit creux dans lequel il avait découvert son trésor, la nuit précédente. Il passa deux fois devant et regretta qu'ils aient accepté de plonger pour Davis et Spear.

Tag nagea vers Cowboy et lui toucha l'épaule, puis il fit un mouvement d'impuissance et leva les pouces. Cowboy remonta avec lui.

Ils firent surface à bâbord du bateau de Davis. L'homme chauve se pencha. La sueur perlait à son front.

— Vous l'avez trouvé ?

— Nous avons complètement fouillé ce coin-là. Il n'y a rien, ici.

Spear donna un coup de poing dans le flanc de son bateau.

— Je t'avais dit qu'on n'aurait jamais dû engager des gosses, fit-il avec emportement.

— La ferme, ordonna Davis en s'essuyant le front du revers de la manche. Nous nous sommes peut-être trompés sur l'endroit exact. C'est difficile de se repérer, ici. Tout se ressemble. Vous voulez bien jeter un coup d'œil de l'autre côté ?

Tag leva les yeux au ciel. Il voulait que ces gens partent pour pouvoir enfin retourner à son trésor.

Davis sortit son portefeuille.

— Vous aurez un bonus. Disons... cinquante dollars chacun.

Tag regarda son ami. Les yeux de Cowboy le suppliaient d'accepter.

— Bon, d'accord. On redescend, mais c'est la dernière fois.

Ils nagèrent jusqu'à leur bateau, changèrent de bouteille d'air comprimé puis retournèrent au fond. Ils n'avaient pas fait la moitié du tour du récif qu'ils le repérèrent en même temps. Le mystérieux paquet était enveloppé de plastique jaune, comme Davis l'avait dit. Mais quelque chose y était attaché.

Tag souleva l'objet. Un nuage de sable s'éleva et brouilla sa vision. Quand le sable fut retombé, il se rendit compte qu'une bouée de caoutchouc dégonflée était solidement fixée au colis jaune.

Cowboy saisit l'autre bout du paquet et fit signe de remonter. Tag fit non de la tête, il ne voulait pas leur remettre l'objet avant de savoir ce qui se trouvait à l'intérieur. À le voir, il semblait en effet avoir été déposé dans l'eau exprès, et non par accident.

Il tendit la main, paume vers le bas, et la bougea d'avant en arrière, signe qui signifiait : « quelque chose ne va pas ». Puis il leva les deux poings pour montrer qu'il voulait que Cowboy attende.

Tag enroula la bouée autour du paquet jaune, traversa le récif jusqu'à son trou au trésor et le laissa tomber à l'intérieur. Puis il retourna vers son ami et leva les pouces.

Ils distinguaient en transparence le fond de leur bateau. Mais ils virent aussi autre chose : une masse grisâtre qui se déplaçait à quelques mètres de l'avant du bateau.

Un requin-tigre.

La créature, longue de trois mètres cinquante, ouvrit la gueule, découvrant des rangées de dents acérées tandis qu'elle traçait de grands cercles autour des deux bateaux. Un œil sombre et fixe paraissait les regarder, mais sans leur accorder véritablement d'attention.

Ils savaient qu'il ne fallait pas remonter.

Le requin pourrait les prendre pour des poissons en difficulté.

Soudain le corps du requin fut agité de soubresauts et se mit à tournoyer dans l'eau, laissant de longues traînées de sang vert derrière lui.

Tag leva les pouces, les deux garçons firent surface et se hissèrent dans le bateau le plus rapidement possible.

Spear se tenait debout près du bord de sa vedette, un pistolet braqué sur l'eau.

— Eh, les freluquets, je vous ai sauvé la vie ! Vous devriez me remercier, leur criat-il.

— Vous voulez dire que vous avez failli nous faire tuer, répondit Tag, furieux, en faisant glisser la bouteille de son dos. Dans une minute, tous les requins du coin vont être là pour le dévorer. Regardez.

Il prit l'un de ses poissons salés et le jeta au loin. L'eau se mit à bouillonner furieusement. Deux ou trois ailerons firent surface. Un gros requin mordit alors le plus petit qui venait d'engloutir le poisson.

— Terminé pour la plongée aujourd'hui,

monsieur Davis. Il faudra des heures avant que le carnage s'arrête. Et puis il n'y a rien là-dessous, de toute façon.

Davis dévisagea Tag attentivement.

— Ça, mon bonhomme, c'est ce qu'on va voir.

Chapitre 7

Plus tard, cette nuit-là, sous le couvert de l'obscurité, deux silhouettes hissèrent un paquet enveloppé de plastique jaune dans leur bateau et foncèrent sans lumière vers le rivage.

Pas un mot ne fut prononcé jusqu'à ce que le bateau ne soit solidement arrimé à un vieux ponton de fortune et que les deux ombres aient traversé la plage puis remonté un sentier rocailleux jusqu'à un phare abandonné.

Tag ferma la porte bringuebalante du phare puis alluma une petite torche.

— Bon, voyons ce qui a l'air si important pour ces deux types.

Cowboy coupa la cordelette de la bouée avec son couteau de plongée et dégagea le paquet. Puis il pratiqua une incision précise dans la partie supérieure du plastique jaune et en extirpa un petit sachet de plastique transparent contenant de la poudre blanche.

Tag renversa le paquet jaune et fit tomber le reste de son contenu sur le sol. Neuf autres petits sachets apparurent, tous remplis de poudre.

Les deux garçons gardèrent un instant le silence. Ce fut Cowboy qui le brisa le premier :

— Excuse-moi, vieux. Je ne savais pas que c'étaient des trafiquants de drogue. Qu'est-ce qu'on fait maintenant ?

Tag se frotta le menton.

— Ça a l'air d'être un gros coup. Je ne crois pas que nous ayons affaire à des amateurs. Je suppose qu'on a dû larguer le paquet par le ciel et que Spear et Davis étaient censés le récupérer. Mais la bouée a crevé et le paquet est tombé au fond.

— On le porte à la police ?

— C'est là que ça devient délicat. Il est

difficile de faire quoi que ce soit sur cette île sans que tout le monde le sache sur trois générations. Ces types sont mauvais, et, si on ne veut pas qu'ils nous envoient leurs sbires, il va falloir qu'on fasse extrêmement attention.

— Je sais, commença Cowboy en remettant les sachets dans le grand paquet jaune. On va tout remettre en place et personne n'en saura rien.

Tag le dévisagea et Cowboy fit la grimace.

— Bon, d'accord, ce n'était pas une bonne idée. Tu en as une meilleure ?

— Non, mais je sais qui en aura une : Thomas, fit Tag en l'aidant à ranger les sachets. Aide-moi à cacher ça et retournons au port. Demain, on montrera ce que nous avons à Thomas et il décidera de ce qu'il faut faire.

Ils dissimulèrent le paquet dans un coin de placard, sous l'escalier, et retournèrent sans bruit au bateau. Tag contourna l'extrémité de l'île puis manœuvra avec assurance le canot pour lui faire traverser le récif en direction du port.

— Je te retrouve à la cabane demain

après-midi, chuchota-t-il. On ira en ville ensemble.

Tandis que les garçons se séparaient et rentraient vite chez eux, un homme surgit de derrière l'une des pompes à essence du quai. Il jeta son mégot de cigarette dans l'eau. Il plissa les yeux et entreprit de remonter la plage jusqu'au motel.

Chapitre 8

Le soleil se levait tout juste quand Tag ferma le portail de son jardin.

— Désolé, Fantôme, mais il faut que tu restes ici. Je ne peux pas lâcher un monstre comme toi sur le port. Ce serait la panique.

Il passa la main à travers le portail pour donner à l'animal une dernière caresse derrière ses grosses oreilles tombantes, puis il se retourna et descendit la route au pas de course en direction de la cabane de pêche.

La porte de la cabane avait été enfoncée, elle pendait, suspendue au seul gond restant. Le comptoir gisait sur le côté, et tous les appâts avaient été renversés sur le sol. Au sommet de la pile trônait une grossière poupée artisanale aux cheveux châtain clair. Une épingle à chapeau la traversait de part en part.

— On dirait qu'on ne t'aime pas beaucoup, mon pote.

Tag fit volte-face. Un jeune type à la peau d'ébène, une cicatrice sous un œil et des muscles saillants sous sa chemise en loque, se tenait en riant dans l'embrasure de la porte. Il y avait deux autres garçons sensiblement du même âge et de la même taille derrière lui.

Tag les avait déjà vus en train de traîner du côté de l'île Saint-David. Mais les gens de là-bas formaient un groupe fermé qui ne se mélangeait guère avec les autres, aussi ne les connaissait-il pas par leur nom.

— C'est vous qui avez fait ça ? demanda-t-il.

Le grand rit plus fort encore.

— Mettons que le patron, il aime pas beaucoup qu'on le double.

— De quoi tu parles ?

— Le patron, il a dit que s'il découvre que tu lui fais des cachotteries, il va venir vous voir, toi et ta mère, en pleine nuit.

Tag serra les poings. Pris de colère, il fonça droit devant lui, mais le grand l'attendait. Il accueillit Tag d'un coup de poing dans le ventre qui l'envoya à terre. Tag suffoqua mais parvint à se mettre à genoux. Il entendit un déclic métallique. Celui d'un couteau à cran d'arrêt.

Toujours à terre, Tag recula. Le garçon avança d'un air menaçant, lui agitant son couteau devant le visage.

— Qu'est-ce qui se passe, ici ?

Thomas se tenait dans l'entrée. De sa vie, Tag ne s'était jamais senti aussi heureux de voir quelqu'un.

Le jeune type referma son couteau et le glissa dans sa poche avant que Thomas ne puisse le voir. Puis il se retourna pour faire face au policier.

— Pas de problème, mec.

Et les trois adolescents contournèrent Thomas pour regagner la porte. Leur chef s'arrêta.

— Au fait, petite tête, dit-il à l'adresse de Tag. Le patron a engagé des plongeurs professionnels. Pas des ramasseurs de saloperies comme toi et ton pote. Il dit qu'il vaudrait mieux pour vous qu'ils remontent pas les mains vides. Il te dit aussi de tenir ta langue, sinon..., conclut-il avec une lueur menaçante dans les yeux.

Chapitre 9

Thomas aida Tag à se relever. Il parcourut la cabane d'un regard entraîné.

— Ce sont ces voyous qui ont fait ça ? Je peux les faire arrêter tout de suite si tu veux.

Tag secoua la tête.

— J'aimerais autant que tu ne le fasses pas.

— Je ne sais pas pourquoi, mais j'étais sûr que tu dirais ça, répliqua Thomas en ramassant la poupée de chiffon. Du vaudou ? Tu n'es pas embarqué dans quelque chose d'un peu trop gros pour toi, fiston ?

— Je... je ne peux rien dire maintenant. Il me faut un peu de temps pour réfléchir.

Thomas s'assit sur le bord du comptoir renversé.

— On dit que tu travailles pour des types à la mine plutôt patibulaire. C'est pour ça que je suis venu.

— Tu m'espionnes ou quoi ?

— Pas besoin. Il n'y a pas grand-chose ici qui puisse échapper à l'attention générale. Tu le sais bien. Tu veux m'en dire deux mots ?

Tag mourait d'envie de parler à l'ami de son père du contenu du paquet jaune. Mais il gardait à l'esprit la menace du garçon au sujet de sa mère, et il décida d'attendre.

— Il n'y a rien à dire.

Thomas posa la main sur l'épaule de Tag.

— Ces gens ne sont pas des rigolos. Ils ne plaisantent pas.

— Je peux me débrouiller tout seul.

— C'est ce que je vois, répliqua Thomas en parcourant du regard la pièce ravagée.

Il se leva et tendit à Tag la poupée vaudoue.

— Je ne peux pas te forcer à me parler, Tag. Mais si tu as besoin de moi, de jour comme de nuit, appelle-moi.

Le policier boita jusqu'à la porte.

— Thomas ?

Le policier tourna lentement son grand corps et attendit patiemment.

Tag déglutit.

— Merci. Enfin, je veux dire, merci de m'avoir aidé, juste maintenant. Je crois qu'il était moins une.

— Surveille tes arrières, Tag. Ce n'est pas encore fini.

Chapitre 10

— Je n'aime pas ça, dit Cowboy qui essayait de terminer son déjeuner debout sur le quai tandis que Tag finissait de préparer le bateau. Et pourquoi emmenons-nous Fantôme ?

Tag poussa un soupir.

— J'ai beaucoup réfléchi à tout ça, et je crois que notre meilleure chance est d'en rester à notre première version. On n'est que des gosses et on plonge pour notre plaisir. Quand Davis et Spear nous ont engagés, on n'a rien trouvé. Et maintenant, on va continuer à faire comme d'habitude. Et puis j'emmène Fantôme parce que je ne veux pas le laisser tout seul à la maison.

Le gros chien aboya comme pour manifester son assentiment et lécha le visage de Tag.

— Quand même, je n'aime pas ça, répéta Cowboy en embarquant à contrecœur dans le bateau. Et si les types qui ont démoli ta cabane s'en prenaient à nous en mer ?

— Ces nullards de Saint-David ne connaissent pas les récifs aussi bien que nous. Ils n'auront qu'à bien s'accrocher s'ils nous cherchent là-bas.

Tag lança le moteur et mit le cap sur le large.

— Qu'est-ce qu'on va faire du truc qui est dans le sac jaune et que nous sommes supposés ne pas avoir trouvé ? demanda Cowboy.

— J'y ai réfléchi aussi. Quand tout se sera un peu tassé, on l'enterrera quelque part sur la route du chenal de Harrington, près du Trou du Diable. Ils ne sauront jamais ce que c'est devenu.

— J'espère que tu ne te goures pas.

Cowboy s'assit, vérifia sa bouteille d'air comprimé et resserra sa ceinture plombée.

Tag jeta l'ancre derrière un récif non

loin de la Tête de Tigre. Il espérait qu'un éventuel observateur puisse penser qu'ils plongeaient à un nouvel endroit.

Tag fourra un marteau et un burin dans son sac de plongée puis passa la courroie par-dessus sa tête.

— Prêt à aller chercher le trésor ?

— Archiprêt. Tu as pris quelque chose pour la murène ?

— Merci de m'y faire penser.

Tag sortit deux gros poissons d'une boîte et les tint d'une main tout en ajustant son masque de plongée de l'autre.

— Sois sage, Fantôme. Tu gardes le bateau jusqu'à notre retour.

Tag donna ensuite le signal à Cowboy.

— Allons-y.

Une fois dans l'eau, les garçons foncèrent directement vers le trou dans le corail de la Tête de Tigre. Cowboy regarda Tag attirer la petite murène hors de son repaire avec l'un de ses appâts.

Pendant un moment, la murène ne voulut pas quitter sa cachette et les contempla de son œil terne, pareil à celui d'un serpent. Puis le corps vert jaillit du trou, la bouche menaçante s'ouvrit et se referma à un rythme régulier, découvrant de longues dents aiguisées. Lorsqu'elle frappa, elle le fit avec une telle promptitude qu'elle prit Tag par surprise et lui arracha le poisson des mains. Elle emporta alors sa proie un peu plus loin pour la manger en paix.

Tag fit avec son pouce et son index le signe indiquant que tout allait bien. Prudemment il sortit l'autre poisson et le présenta devant l'entrée de la grotte. Vive comme l'éclair, une seconde murène en saisit une extrémité. Elle tourna et roula, essayant d'attirer l'appât à l'intérieur de la grotte, mais Tag se tenait prêt cette fois-ci. Il tint bon, obligeant la murène à sortir de son repaire pour emporter sa proie.

Dès que la murène eut disparu, Tag se mit au travail en espérant qu'il n'y en aurait pas d'autre. Il prit le marteau et le burin et entreprit d'élargir le trou. À cet endroit, comme le récif était assez mince et cassant, le travail était facile. En un rien de temps, il put pratiquer une ouverture assez grande pour passer à travers.

Tag défit sa torche et examina l'intérieur de la grotte. Elle était vaste et débouchait sur plusieurs passages obscurs conduisant à d'autres parties du récif. Le spectacle était à couper le souffle. La lumière se reflétait sur les parois en une myriade de couleurs, mais ils n'avaient pas le temps d'admirer la beauté du site. Ils n'avaient qu'une heure d'oxygène devant eux, et les murènes pouvaient revenir à tout moment.

Il n'y avait nulle trace du galion. Tag ne s'était pas réellement attendu à en voir. Le bois devait s'être désagrégé depuis longtemps maintenant. Ils ne pouvaient espérer retrouver que des objets.

Cette fois, les garçons se servirent tous les deux de pagaies rondes. Ils se mirent à genoux et entreprirent d'écarter délicatement le sable du fond de la grotte. Tag sentit qu'on lui touchait l'épaule, c'était Cowboy qui lui tendait une masse noire. Il la retourna entre ses mains. L'objet, quel qu'il ait pu être, s'était mué en sulfure d'argent. Il fit signe à Cowboy de le déposer dans le sac de plongée orange fixé à la ceinture de son ami.

Tag continua de travailler, écartant les

couches successives de sable accumulées au cours des siècles. Soudain, quelque chose brilla et attira son regard. Il souleva l'objet avec précaution. C'était une solide dague en or. La garde en était ouvragée, et le manche était serti de trois grosses émeraudes. Le garçon serra fortement le poignard et ferma les yeux. Si seulement son père avait pu vivre pour voir ça... Cowboy toucha de nouveau l'épaule de Tag. Cette fois, il avait trouvé un médaillon en or avec une croix en son centre et des lettres gravées derrière. Tag hocha la tête et lui montra la dague. Les yeux de Cowboy brillèrent d'excitation. Il prit Tag dans ses bras, le souleva du fond de l'océan et le fit sauter dans l'eau.

Tag sourit et lui montra le cadran de sa bouteille. Il y avait déjà presque une heure qu'ils étaient en bas. S'ils voulaient continuer à travailler, il fallait qu'ils remontent chercher de l'oxygène sur le bateau.

Lorsqu'ils approchèrent de la surface, Tag repéra la coque d'un autre bateau non loin du leur. Au moment où ils émergèrent, ils entendirent Fantôme aboyer furieusement.

L'autre bateau s'éloignait rapidement, mais Tag eut le temps de distinguer les yeux noirs et moqueurs du garçon qui l'avait menacé à la cabane de pêche.

Fantôme gémissait et tournait en rond dans le bateau. Il avait du sang qui coulait sur la patte arrière droite.

— Il est blessé ! s'écria Tag en se hissant à bord.

Il arracha son masque et sa bouteille et se précipita pour examiner la blessure.

— Tout va bien, Fantôme, dit-il d'une voix apaisante. Laisse-moi jeter un coup d'œil.

Cowboy lui tendit la trousse d'urgence.

— C'est grave ?

— Ça aurait pu être pire. Ils l'ont juste éraflé avec une pierre ou un truc de ce genre.

Tag continuait de parler doucement à son chien tout en lui appliquant un antiseptique avant de lui bander la patte.

— Ils voulaient sûrement saboter le bateau, et Fantôme les en a empêchés, reprit Tag.

— Ça ne s'arrange pas du tout. On devrait peut-être leur rendre leur marchandise, et comme ça on serait quittes.

— Bien sûr. Et tu crois qu'ils vont nous donner une petite tape sur la tête et nous laisser partir tranquillement ? Tu rêves !

— Je ne sais vraiment plus ce qu'il faut croire, avoua Cowboy en regardant sombrement le fond du bateau.

Tag caressa le poil emmêlé de Fantôme.

— Il faut qu'on arrive à trouver un plan qui nous débarrasse de la drogue et qui nous permette de sauver notre peau en même temps.

Chapitre 11

La clochette de la porte vitrée tinta faiblement. Tag fouilla la boutique de plongée du regard.

— Gamell ? Il y a quelqu'un ?

— Une seconde, j'arrive, répondit Gamell en écartant le rideau qui faisait office de porte entre le magasin et l'arrière-boutique. Oh ! c'est vous. Qu'est-ce que je peux faire pour vous, mes garçons ? demanda-t-il en se glissant derrière son comptoir.

Tag ouvrit la fermeture à glissière du sac de toile orange et en tira la masse noirâtre, qu'il posa sur le comptoir.

Gamell rajusta ses lunettes et examina l'objet. Puis il se saisit d'un petit burin pour ouvrir précautionneusement le bloc. À l'intérieur apparut la marque d'une croix, et ce qui ressemblait à un château.

— Hmmm, pas mal.

— Qu'est-ce que c'est ? demanda Cowboy.

— C'*était* de l'argent. Une pièce de huit, dit Gamell en la soulevant. Mais je n'arrive pas à voir la date. C'est trop abîmé.

— Tu veux dire que c'était une pièce de monnaie ? s'étonna Tag en se penchant en avant. Est-ce que ce n'était pas une pièce espagnole, par hasard ?

— Si, mais ça ne vaut plus rien maintenant. Une fois que l'argent s'est oxydé, ça ne sert plus à grand-chose. Où as-tu trouvé ça, demanda-t-il en rendant à Tag les pièces agglutinées entre elles.

Les lèvres du garçon s'étirèrent en un sourire plein de malice.

— Devine.

— À la Tête de Tigre ?

Cowboy poussa Tag du coude.

— Allez, montre-lui le reste.

— Il y a autre chose ?

Gamell se passa la main dans les cheveux et s'assit sur un tabouret haut.

Tag sortit la dague et la posa doucement sur le comptoir. Gamell n'y toucha pas. Il se contenta de la fixer des yeux, comme hypnotisé.

— Vous l'avez trouvé, n'est-ce pas ? Vous avez trouvé *El Patrón* !

— C'est ce que nous pensons. Mais on n'aurait pas pu le faire sans toi. Alors, Cowboy et moi, on en a discuté et on a décidé que tu serais à égalité avec nous pour tout ce qu'on trouvera.

Le vieil homme tira son mouchoir de sa poche et s'épongea les yeux.

— Après toutes ces années, il a enfin décidé de se montrer.

— En fait, il ne s'est pas vraiment montré. Il est à l'intérieur du récif, expliqua Tag en sortant le dernier objet du sac. Ce médaillon se trouvait aussi au fond. Fantôme a eu un petit accident et on n'a pas pu chercher aussi longtemps qu'on l'aurait voulu, mais on imagine qu'il doit y avoir plein d'autres trucs là-bas. On va essayer d'y retourner demain.

Gamell prit le médaillon d'or et toucha du bout des doigts le motif qui ornait la face antérieure. Puis il le retourna. Les initiales B. D. C. apparurent au dos.

— C'est exactement ce qu'il vous faut pour demander une licence vous permettant de remonter le reste, commenta Gamell. C'est la preuve qu'il s'agit indubitablement d'*El Patrón*. C'est comme si l'amiral vous avait laissé sa carte de visite. B. D. C. : amiral Bartolomé de Campos. Ce porte-bonheur a dû lui appartenir. Maintenant, vous pouvez faire enregistrer le site pour que les soi-disant experts ne puissent pas vous couper l'herbe sous le pied.

Tag referma le sac et le jeta par-dessus son épaule.

— Tu veux bien t'occuper de la paperasserie pour nous, Gamell ? Et si ça ne t'embête pas, nous aimerions que tu gardes ce que nous avons trouvé dans ton coffre. On a de petits problèmes avec des types de Saint-David, et on ne voudrait pas que ça tombe entre de mauvaises mains.

— Quel genre de problèmes ? Du vaudou ?

— Un peu. Ils ont blessé Fantôme et ils essaient de nous faire peur avec des trucs de sorcellerie.

Le vieil homme leur fit signe de ne pas bouger et disparut derrière le rideau. Il revint quelques instants plus tard avec une poche en papier.

Tag regarda à l'intérieur et fronça les sourcils.

— Des plumes et des os de poulet ?

— Je sais que ça a l'air stupide, mais s'ils sont vraiment amateurs de magie noire, ça ne manquera pas de les paniquer. Mettez ça devant chez vous, devant le bateau, où vous voulez, et ils ne vous embêteront plus.

Chapitre 12

Cet après-midi-là, Tag s'assit par terre, sur la natte du séjour, pour étudier le journal de son père. Cowboy, étendu sur le canapé, dormait sur le ventre, le bras droit replié derrière lui, et ronflait.

Des bruits de moteur rompirent le silence.

— Quoi... qu'est-ce que c'est ? fit Cowboy en se redressant, le regard encore vague.

Tag regarda par la fenêtre.

— C'est difficile à dire avec le boucan que tu fais, mais on dirait bien qu'on a de la visite.

Cowboy s'approcha lui aussi de la fenêtre.

— C'est la bande de Saint-David.

Les trois mêmes grands adolescents

étaient arrivés sur de vieilles mobylettes. Ils ne dépassèrent pas le tas de plumes que Tag avait disposé par terre, devant la maison.

Le chef lança dans leur direction :

— Eh, mecton ! Comment va ton clébard ?

La figure de Tag vira au rouge. Il se dirigea vers la porte, mais Cowboy le retint par le bras.

— C'est exactement ce qu'ils veulent. Tu ne vois pas ? Gamell avait raison. Il suffit de quelques plumes blanches et de deux ou trois os de poulet pour leur filer la frousse.

Tag ouvrit la fenêtre coulissante et désigna les plumes et les os qu'il avait accrochés au rebord du toit.

— Ohé ! On a de la magie puissante ici. Vous feriez mieux de vous tirer, si vous ne voulez pas finir transformés en crapauds dans la marmite de votre mère !

Deux des garçons reculèrent vers les mobylettes. Le chef ne bougea pas.

— Tu me fais pas peur, mecton. Tu pourras pas rester enfermé indéfiniment.

Puis il retourna vers son engin et démarra le moteur.

— On t'attendra !

Tag les regarda s'éloigner et laissa retomber le rideau.

— Est-ce que tu as donné les coups de fil, comme je te l'avais demandé ?

Cowboy acquiesça d'un signe de tête.

— J'espère que ça va marcher.

— Moi aussi, fit Tag en consultant sa montre. On dirait que c'est l'heure. Allons-y.

Chapitre 13

— Il est tard. Tu crois qu'ils vont se montrer ?

Cowboy était assis dans le bateau de Tag, près du moteur, et scrutait la mer autour d'eux. Les seules embarcations alentour étaient deux vieux bateaux de pêche, et ils se trouvaient à un demi-mille du leur.

— Quand tu as appelé, tu leur as bien dit qu'on voulait échanger la drogue contre cinq cents dollars, non ? demanda Tag en faisant sauter une cacahuète dans sa bouche.

— C'est ce que tu m'as dit de dire.

— Alors ne t'en fais pas. Ils vont venir.

— Oui mais tu m'as dit aussi d'appeler

Thomas. Il a assuré qu'il serait là, mais je ne le vois pas.

— Il sera là.

Un hors-bord arriva soudain de loin et s'approcha du bateau de Tag. Davis et Spear jetèrent l'ancre tout près.

Le plus trapu des deux avait l'air peu amène.

— Alors, comme ça on se croit assez malins pour avoir sa part du gâteau ?

— Pourquoi pas ? rétorqua Tag. Vous avez l'argent ?

Davis claqua des doigts et Spear montra une grosse liasse de billets.

— La question est, jeunes gens, de savoir si vous nous avez rapporté la marchandise manquante.

Cowboy se pencha et extirpa le paquet jaune de sous le siège.

— Bien ! s'exclama Davis en se frottant les mains. Que dirais-tu de soulager nos jeunes amis de ce qui nous revient de droit, Spear ?

Spear sortit un revolver de sa chemise.

— Comme tu veux, Davis, répondit-il en

montant à bord du bateau de Tag pour lancer le paquet jaune à son acolyte.

Davis regarda à l'intérieur.

— Tout y est, dit-il avant de lancer une corde à Spear. Prends garde de bien les attacher. Nous ne voudrions pas qu'ils ratent la fête.

— Eh, attendez ! protesta Tag en se débattant. Vous deviez nous payer !

— Oh, vous allez être bien payés, ne vous en faites pas. Toi et ton petit copain trop curieux, vous allez avoir exactement ce que vous méritez.

Davis tendit alors un petit paquet à Spear.

— Règle la minuterie sur dix minutes. Il ne faut pas qu'on soit trop près quand ça va partir.

Spear noua le dernier nœud autour des chevilles de Tag, puis fourra des chiffons dans la bouche des deux garçons. Il régla ensuite la minuterie et sauta dans son bateau.

Davis leur fit de grands signes.

— Salut les gosses. Je sais que vous mourez d'envie de nous voir partir, cria-t-il en partant d'un grand rire et tout en mettant le cap sur le rivage.

Les deux bateaux de pêche que Cowboy avait remarqués un peu plus tôt s'étaient rapprochés. L'un d'eux s'arrêta devant le hors-bord bleu et blanc. La voix de Thomas retentit dans un haut-parleur :

— Nous sommes la police. Jetez vos armes. Je répète, jetez vos armes.

Le second bateau de pêche vint se coller contre le hors-bord, rendant toute fuite impossible. Plusieurs fusils étaient braqués sur Davis et Spear.

Davis leva les mains en l'air. Spear jura, recula et pointa son arme sur la tête de Tag. Son doigt commença à presser la détente.

Soudain, il eut un sursaut, lâcha son arme et tomba, étreignant son bras ensanglanté. Le tireur d'élite posté sur le bateau de pêche continua de garder Spear en point de mire jusqu'à ce que Thomas ait pu descendre sur le hors-bord pour passer les menottes au malfaiteur.

Thomas aida à embarquer les deux criminels sur le bateau de pêche, puis il prit le hors-bord pour rejoindre les garçons. Il retira le chiffon de la bouche de Tag.

— Vite, il y a une bombe ! cria Tag en montrant le petit paquet d'un signe de tête.

Thomas saisit le paquet et regarda la minuterie. Trente secondes. Il le lança aussi loin qu'il put dans l'océan puis, sans prendre le temps de délivrer les garçons, lança le moteur de Tag à pleine puissance.

Une énorme explosion se produisit alors derrière eux. Des fragments de roche et de corail volèrent dans les airs. Une immense vague heurta le petit bateau de Tag et le souleva comme un fétu de paille. Puis la coque retomba lourdement, projetant tous ses passagers au fond de l'embarcation.

Thomas se secoua longuement avant de pouvoir se relever. Les deux garçons gisaient au fond du bateau, pareils à des poupées de chiffon trempées. Thomas trancha aussitôt leurs liens.

— Ça va, tous les deux ?

— Je crois, répondit Tag en se massant les poignets.

— Eh bien moi, ça ne va pas du tout,

gémit Cowboy en essayant de se redresser. Tous les os me font mal.

— Nous avons arrêté Spear et Davis, annonça Thomas, qui tentait de faire repartir le moteur. Avec un peu de chance, ils nous diront qui leur a livré la marchandise.

Tag n'écoutait pas. Il contemplait la mer en direction de la Tête de Tigre.

— Tu crois que ça a fait beaucoup de dégâts ?

— Tu veux parler du récif ? demanda Thomas. Il semble qu'un bon morceau s'est complètement effondré.

Tag parut anéanti.

— Alors je suppose que c'est la fin de notre chasse au trésor.

— Qu'est-ce que tu racontes ? fit Thomas en réussissant enfin à lancer le moteur. Ces bandits ne le savent pas, mais ils vous ont certainement rendu un grand service. Une fois que vous aurez nettoyé un peu les débris de roche, *El Patrón* sera beaucoup plus facile à récupérer.

— Tu savais ? s'écria Tag, abasourdi.

— Bien sûr. Ton père et moi n'avons pas travaillé ensemble pendant toutes ces années pour rien. Et si ça vous dit de me mettre dans le coup, je crois bien que je ne refuserais pas de vous aider, fit-il avec un clin d'œil.

— Et ton travail ? Ça ne leur a pas tellement plu la dernière fois que tu as plongé.

— Après un coup de filet pareil, je vais pouvoir faire un peu la loi ici. On va sûrement me faire monter en grade, au poste. Qu'est-ce que vous en dites ?

Tag sourit et leva les deux pouces.

— Moi, je dis que je suis partant.

Gary Paulsen

L'auteur a écrit de nombreux romans pour enfants. Amoureux de la nature, il a participé aux courses d'Iditarod – une course de traîneaux tirés par des chiens et longue de deux mille kilomètres à travers l'Alaska. Gary Paulsen a aussi voyagé à moto, du Nouveau-Mexique jusqu'en Alaska, navigué à la voile sur l'océan Pacifique. Il a fait de fréquentes excursions en montagne à dos de mulet. Gary et son épouse, l'artiste Ruth Wright Paulsen, vivent au Nouveau-Mexique et sur la côte Pacifique.

Nathalie Zimmermann

La traductrice : « Je suis une boulimique de tra-
duction. Pour les grands, pour les petits, je traduis
des albums, de petits bouquins, de gros pavés, des
livres d'hier et d'aujourd'hui, des histoires vraies, des
fantaisies. Et puis à force d'entrer dans la tête de tous
ces gens qui écrivent, je m'y suis mise aussi, pour mes
trois filles, qui adorent lire. »

Retrouvez d'autres aventures
de Gary Paulsen dans la collection
À vos risques et périls ! :

ville sont polis, mais obéissent étrangement à Jefferson Kincaid, le président des Laboratoires Nationaux de Folsum. D'étranges choses se passent à Folsum et menacent la propre famille de Jim...

4 LE MONSTRE DU LAC NOIR
Quand Kevin arrive avec sa mère au bord d'un lac du Colorado, ils ont vite fait d'entendre parler de la légende du monstre. Kevin, avec sa nouvelle amie Rita, va se rendre compte qu'il ne s'agit pas seulement d'une légende...

5 CHUTE LIBRE!
Robin a peur du vide et adore faire des photos. Jesse, lui, est fana de parachutisme. À eux deux, ils vont démanteler un trafic de drogue international. Amateurs de sensations fortes, voici des frissons en altitude!

Découvrez le premier chapitre
d'un autre livre de la même collection,
Le monstre du lac Noir :

Chapitre 1

— C'est beau par ici, tu ne trouves pas, Kevin ? demanda la jolie femme blonde derrière le volant.

Ses yeux bleus, marqués par la fatigue du voyage, quittèrent un instant la route pour dévisager le jeune garçon brun et maigrelet assis à côté d'elle.

Kevin Swanner observait par la fenêtre les montagnes du Colorado. Elles étaient belles, en effet, mais, pour lui, rien ne valait la région qu'il venait de quitter. Kevin, âgé de treize ans, avait été élevé en Louisiane, où il avait passé tout son temps libre à pêcher dans les bayous, et il lui avait été difficile de quitter ses amis. Mais sa mère avait été tellement ravie de trouver un nouvel emploi qu'il n'avait pas eu le cœur de gâcher son bonheur. Aussi avait-il pris le parti de se taire.

Elle devait assumer la direction d'un restaurant dans un centre touristique, La Calanque, au bord du lac Noir. C'était une promotion importante car elle n'avait jusqu'à présent travaillé que dans des cafétérias ou des routiers, à servir et débarrasser les tables. Et puis ce nouveau poste était bien mieux payé.

Kevin sortit de sa rêverie et s'efforça de répondre :

— Eh bien… oui. C'est très joli… C'est plein d'arbres et tout ça. Je crois qu'on sera très bien, ici.

Ils suivirent quelque temps la route de gravier et s'engagèrent sur un chemin de campagne à peine carrossable pour s'arrêter bientôt devant un chalet entièrement recouvert de vigne vierge.

— Nous y voici, Kevin. Qu'en penses-tu ?

Le garçon ouvrit la portière et sortit de la voiture. Le paysage lui rappelait l'épaisse verdure qui entourait leur vieille maison. Mais il ressentait ici quelque chose de nouveau, de différent. Le silence peut-être, ou l'air plus vif, plus tonique...

Cet
ouvrage
a été achevé d'imprimer
sur les presses de l'imprimerie
Maury Eurolivres
Manchecourt - France
en mai 1998

Dépôt légal : juin 1998.
N° d'édition : 2360. Imprimé en France.
ISBN : 2-08-162360-9
Loi n° 49-956 du 16 juillet 1949
sur les publications destinées à la jeunesse